너의 눈물엔
우산이 필요해

황리제 시집

너의 눈물엔
우산이 필요해

창해

시인의 말

반가운 마음에 서둘러 사랑하고
외로운 마음에 서툴게 사랑했던 것들이
이제는 후회로만 가득 남아
사랑이란 아무것도 아니었다고
고개를 떨구는
고단했던 나와 당신에게 바칩니다.

– 2023년 08월 어느 날

3 영원아 영원해주라

4 안녕에 영영이 붙으면 슬퍼져

1

곧이어
새벽이 위로해 줄 거야

과거를 잊어줘

흐르는 너의 눈물에
내 이름의 이유가 있었다면
바로 널 안아줬겠지만

네 눈물엔
다른 이를 향한 뜻이 보여

네 곁에 있는 건 나인데
넌 왜 그 사람을 그리워하니

가질 수 없어서
그리워하는 거라면

내가 혹시라도
널 떠나게 된다면
그제야 넌 날 알아줄까

그래
지친다는 말은 하지 않을게
네가 제일 싫어하는 말이니까

날 위해
너의
과거를 잊어줘

네 현재를 위해
너의
과거를 잊어줘

네 찬란할 미래를 위해
네 과거를 잊어줘

너의 서러운 울음을 바라본다
그 사람은 얼마나 대단했길래
너의 감정을 지배하고 있는 걸까

흐르는 너의 눈물에
내 이름의 이유가 있었다면
바로 널 안아줬겠지만

네 눈물엔
다른 이를 향한 뜻이 보여

울음을 그치고
나를 바라봐

지금 너는 다른 이를 향해
그가 그리워
울고 있지만

그래선 안 돼
날 지치게 하지 마

그래
지친다는 말은 하지 않을게
네가 제일 싫어하는 말이니까

그 이름을 버려
그이의 이름을 버려
네 앞에 있는 나를 봐

날 위해
너의
과거를 잊어줘

네 현재를 위해
너의
과거를 잊어줘

네 찬란할 미래를 위해
네 과거를 잊어줘

넌 그 자식을
여전히 사랑하는 게 아니라
그 자식에게 받은 상처가 아팠어서
눈물이 흐르는 거일뿐이야
눈물이 그치고
너의 미소에
내 이름의 이유가
새기게 할 거야

너와 난 이 시간 속에
함께 있고
과거는 현재를 이기지 못하니까

너의 미래에도
난 네 옆에 있고 말 거야

너의 미소가 끊이지 않고

아무 때나 웃음까지 터져 나오고
네 입술에서
내 이름이 계속 계속 흘러나올 때
수줍은 사랑의 속삭임이 나올 때

난 네게
청혼을 할 거야

사랑한다고
사랑한다고
기다려왔다고
이런 너를
이런 나를
이런 날을

야무져

오늘도
먼저 연락 안 하는 네 얄궂은 마음
아주 야무져

오늘은
이대로 밤이 지나갈까
싶다가도

이런 내 맘 아는지 그 순간
네게 오는 연락

너의 마음씨 아주 야무져

술보다 스무디를 자주 마시는
네 취향 아주 야무져

야무져
아주 내 스타일답게
모든 게 야무져

나보다 너 자신을 먼저 챙기는
자존감 아주 야무져

네가 나를 알기 전부터
난 너를 알고 있었어
그래 맞아
널 처음 본 순간부터
난 반해버리고 만거야

그 누가 와도
너를 대체할 순 없어

너 같은 야무진 여자는
사랑보다 음악을 사랑하는 법이지
음악을 좋아하는 넌
지금쯤 어떤 음악을 듣고 있을까
네 선곡 취향까지 아주 야무져

야무져
아주 내 스타일답게
모든 게 야무져

사귀지 않아도 행복해
너와 함께라면

너의 곁이라면
사귀지 못해도 행복해

때론 뽀뽀도 하고 싶고
안아주고도 싶지만

이렇게 네 앞에서
널 바라보는 것만으로도 난
괜찮아
이것도 내 사랑방식이니깐

네가 나를 알기 전부터
난 너를 알고 있었어
그래 맞아
널 처음 본 순간부터
난 반해버리고 만거야

그 누가 봐도
내 사랑은 아름답지

그 누가 봐도
널 바라보는 내 눈빛은
사랑에 빠졌지

영원해 주길
영원이 없다 해도
나와 너만큼은 영원해 주길

밤이 깊어진
창밖을 바라보며

너의 답장을 기다리며
이런 게 사랑이지 라며 생각해
네 웃는 모습이 또 생각나
나도 모르게 따라 미소 지으며

행복을 깨닫고
행복을 마시고

다 너로 인해
다 그대로 인해

모든 게 이대로
그대로였으면 해

사랑을 깨닫고
사랑을 머금고

나도 모르게 미소 지으며
이런 게 바로 사랑이구나 생각해

내가 많이 좋아해
속으로 하는 말

넌 사랑한단 말보다
좋아한단 말을

더 좋아하니까

최우선

너에게 미안하지만
난 사실 사랑을 많이 해봤어
사랑이 아닌 사랑도
사랑이 아닌 사랑도

물론
모든 사랑은
헤어지게 된다면
사랑이 아닌 사랑이
되어버리지만 말이야

난 슬플 때
노래를 불러

그럼 내 모습이 예뻐서
기쁨이 찾아올까 봐

난 널 만나기 위해
이렇게 방황해왔던 걸까

넌 내게서 최고니까
최고는 언제나 마지막이니까

이 세상에 네가 있어 다행이야
내게 생각할 사람이 있다는 거니까

난 기쁠 때는
음악을 더 들어

그럼 내 선곡이 좋아서
기쁨이 더 찾아올까 봐

내 선곡표는 너와 나를
축복하는 곡들이야

좋아하는
너를 위해 무엇을 해줄까
고민하다
나를 위해 일기를 쓰기로 했어

내 기록이 어떻게
변해질까 궁금해

내 일기장 속의 글들이
화려해지게 살아갈래

기쁨으로
기쁨으로

더 이상 지난 날의 아픔을
남들에게 얘기하고 다니진 않을 거야
위로는 잠깐일 테니까

내 삶을 개척해 나갈 거야
내 옆엔
네가 있을 수도 없을 수도 있겠지

널 좋아하지만
넌 내게 최고이지만
그렇다고
난 사랑을 최우선에 두진 않을 거야

사랑보다
나를 더 아껴해

사랑보다

나를 더 사랑해

널 좋아하지만

널 사랑하는 것 같지만

넌 내게 최고이지만

난 사랑을 최우선에 두진 않아

사랑보다 나를 더 아껴하니까

사랑보다 나를 더 사랑하니까

하이라이트

오래된 연인은 아니었는데
기억나는 건 꽤 많더라

사랑이 진했던 건
더더욱 아니었는데
왠지 모르게 아쉬움이 남더라

서로에게
서로의 이름은
더 이상 뜨겁지가 않지만

허무하게 끝나버린 만남에
솔직히 다시 붙잡고 싶었어

그때의
사소한 짧은 기억들이
날 미소 짓게 만들어

어디서 무얼 하고 있을까
딱히 막 간절한 건 아닌데

네가 내 옆에 있었다면

지금보다 더 행복한
나였을 것 같아

서로에게
서로의 이름은
더 이상 뜨겁지가 않지만

내 인생 한 모퉁이에
네가 있었음에 감사해

깊은 인연은 아니었는데
좀 더 우리가 사귀었다면
어땠을까 생각해봐

요즘 따라
너와의 짧았던 만남이 아쉬워

수차례
계절이 바뀌고
난 예전의 그 말괄량이가 아닌데

널 좀 더 이해해 줄 수 있을 것 같은데

넌 어디서 무얼 할까

서로에게
서로의 이름은
더 이상 뜨겁지가 않지만

우리가 주고 받았던 연락들이
내 마음을 울려

밤새 나눈 전화
즐거운 생각이 나면
서로 먼저 연락하는 습관들
너로 인해 생겼었는데

아쉽다
이제는
아쉬워

오래된 연인은 아니었는데
기억나는 건 꽤 많네

사랑이 진했던 건
더더욱 아니었는데
왠지 모르게 아쉬움이 남네

우린
서로의 첫사랑도 아니야
그렇다고
마지막 사랑도 아니지

그럼
중간 사랑이라고 하면 되려나

난 반짝이는 이 계절에
나의 하이라이트를 찾고 있어

날 웃게 해주었던
네게도
찾아오길 바랄게

너의 반짝이는 그 하이라이트가

다 알고 있었어

이 슬픔이 다하면
행복을 만날 수 있을까

이 외로움이 다하면
너를 만날 수 있을까

나는 여전히 너를 기억해

너의 목소리
수줍어하던 미소
나를 진실로 사랑할 것 같지 않은 마음

다 알고 있었어

하지만 난 네가 좋았어
내가 더 잘하면 그만이니까

너를 거짓이라 부르고 싶지 않았어
내가 선택한 데는 이유가 있을 테니까

가끔씩 불행해하는 너를 봤을 땐
네가 행복했다면
나를 만나지 않았을 것 같다는
생각도 들었어

다 알고 있었어

하지만 난 네가 좋았어
내가 더 아껴주면 되니까

너무 빠르게 타올랐던 사랑의 불꽃
화려했던 마음의 폭죽

너를 거짓이라 부르고 싶지 않아
내가 선택한 데는 이유가 있을 테니까

이 슬픔이 다하면
행복을 만날 수 있을까

이 외로움이 다하면
너를 만날 수 있을까

시간이 흘러도
난 네게 미련이 남을까

시간이 더욱 흘러도
난 여전히
넌 거짓이 아니었다고
생각할까

나를 아는 모두가
넌 내게 불행을 줬다고 하는데

난 그걸 숨기고
여전히 사랑이었다고
자신만만할 수 있을까

거짓이 사랑을 할 때는
모든 게 거짓일까

아님 때때로
거짓도
자신의 이름이 불릴 때

사랑을 느낄까

너는 내게 아픈 이름이라
사실 이제는 버리고 싶은 이름이야

이 슬픔이 다하면
행복과 손을 잡고 싶어

이 외로움이 다하면

아아
난 외로워서 사랑을 했구나
외로워서 사랑했구나

깨닫겠지
깨닫겠지

이 외로움이 다하면

난 언제나 Baby

나이가 많아도 적었을 때도
난 언제나 Baby

나이는 많아도
나이는 신경 안 써
솔직히 신경 쓰면서도
결국엔 신경 안 써

이름은 무난해도
바꾸려고 하진 않아
솔직히 바꿔보려 했지만
결국엔 내 이름 칭찬해

시대를 잘 만난 케이스
결국엔 이 시대가 나를 원해

누군가가 속삭여
이 세상이 나를 기다려왔대

나이가 많아도 적었을 때도
난 언제나 Baby

수호신마저 비너스

아름다운 다리는 아니지만
다치지 않는 건강한 다리

S라인은 아니지만
뒤돌아 다시 보고 싶은
강렬하고 독특한 눈빛
그게 나야

태어나자마자
콧대 높은 Baby

외톨이일 때마저도
아름답대

나이가 많아도 적었을 때도

난 언제나 Baby

수호신마저 비너스

물의 요정이었나 봐
샤워할 때마저
물들이 내 몸을 감싸 안고선
깨끗해져라
깨끗해져라

하루의 실수들은 잊고
예쁜 마음으로
정화시켜라
정화시켜라

속삭이네
속삭이네
나지막이

오늘은 어떤 음악을 들을까
내가 내가 세계의 DJ
내가 트는 음악이
라디오처럼 곳곳에 울리네

이불을 덮는 Baby
음악을 듣는 Baby
사랑을 느끼는 Baby
미소 짓는 Baby
천사가 들려주고 가는 말
사람들이 나를 보며
사랑스럽다는 듯이 웃는대
함께 미소 지으며

그대도 Baby를 사랑하시나요

오늘도 외톨이지만
세계가 알고 있는
나이 있는 Baby

영원한 Baby
건재할 Baby
사랑받는 Baby

그게 바로 나야

눈맞춤

너무나도 애틋하고
또 애틋해서

쉽게 사랑을 건네지 못했어

넌 아마 영영 모를 거야
이런 내 맘을

이런 사랑은 다시는
영영 오지 않을 수도 있겠지

황홀했어
너와의 눈맞춤
그깟 입맞춤보다

사랑 한 번 제대로 전해보지도 못하고
이렇게 널 보내지만
보내지만

내가 가장 아름다운 시절에
사랑했던

사람은 바로 너야

대신 나의 이름을 기억해주겠니
저 반짝이게 눈부시는 날엔

대신 나의 이름을 기억해주겠니
저 아름다운 밤비가 내리는 날에

세상에나 내 세상

이 노래를 부르는 순간부터
내 세상은 달라질 거야
그렇게 만들 거야

한 줄기 빛이 들어오는
어둠 속에서
난 노래해

내가 할 줄 아는 거라곤
노래였으니까

하늘이 내게 준 선물은
목소리였으니까

어둠 속에서
내 목소리가 퍼지면
어둠은 나만의 관객이 돼

내 어둠은 세상에 깔린 광대한 밤처럼
넓게 퍼져

세계에 환상적인 비극으로 펼쳐질 거야

내 슬픔의 노래에
눈물이 황홀해하지

어둠 속에서 춤을 춰
아무도 보고 있지 않지만
모두가 보고 있는 걸 느껴

더
상처를 끌어내

더더욱
비극이 되게

네가 준 고통
이제 감사히 음미할게

그 누구도 따라올 수 없는
깊이를 얻었으니

이 노래를 부르는 순간부터
내 세상은 달라질 거야
그렇게 만들 거야

한 줄기 빛이 들어오는
어둠 속에서
난 노래해

어둠 속에서 노랠 부르지
아무도 보고 있지 않지만
모두가 보고 있는 걸 느껴

네가 준 사랑의 비극에
이제는 감사해

그 누구도 따라잡을 수 없는
슬픔을 부를 수 있게 되었으니

내 노랜 슬프겠지만
내 슬픈 결말은 끝이 났지

슬픈 노랠 부르지만
난 격렬하게 성공을 느껴

네가 준 사랑의 비극에
이제는 감사해

이 노래를 마치는 순간부터
내 이름은 달라질 거야
그렇게 만들 거야
사람들은 새로운
내 이름을 부르겠지

내 세상은 달라질 거야
그렇게 만들 거야

지금은 이렇게
어둠과 함께 있지만

곧 날이 밝아올 거야
내가 밝아질 거야

이 슬픔을 안고
내 운명은 밝아질 거야

내 슬픔의 노래에
미래가 황홀해하지

조용한 아이

나를 미워하지 말아줄래
네 고운 얼굴
표정이 일그러지잖아

난 너와 친해지고 싶었어
근데 너는 여전히 내가 미운가 봐

너에게 가서
이유를 묻고 싶지만
네 앞에 서기가 사실 겁이 나

그래 맞아
아마 널 무서워하나 봐

난 너와 친해지고 싶었어
근데 너는 여전히 내가 미운가 봐

너의 싸늘한 눈빛과
너의 냉담한 목소리가
날 하루 종일 괴롭혀

너와 난 크게 다툰 적도 없잖아
근데 왜
근데 왜

나도 그냥 널
무시하면 되는데
난 그게 잘 안돼

누가 날 미워하는 것 같으면
신경이 쓰여서
마음과 머리가 아파

나를 미워하지 말아 줄래
네 고운 얼굴
표정이 일그러지잖아

너에게 다가가
너의 이름을 다정히 불러봐도

네 눈빛은 전혀 바뀔 것 같지 않네
어떡하지 나
너무 슬퍼

이런 내 맘
누구에게 털어놓을 데도 없어

그냥 조용히
삭이는 거야
그냥 조용히

난 조용한 아이니까

2

세계가 지켜주는 사람

위로하며 위로하며

내가 이렇게 적막한 공간에서
이렇게 살다 죽는 게
운명이라면
겸허히 겸허히 받아들여야겠지

내가 사랑했던 이는
내게 말했지
넌 결코 이렇게 끝나지 않을 거라며
위로하며 위로하며
날 달래주곤 했었지

나를 사랑했던 사람들이 자꾸 떠올라
그들은 나의 삶을 가엾게 보았지

나를 미워했던 사람들이 자꾸 떠올라
그들은 나의 삶을 비웃곤 했었지

내가 사랑했던 이는
내게 말했지

넌 결코 이렇게 끝나지 않을 거라며
위로하며 위로하며
날 달래주곤 했었지

외로움이 너무 커져
나쁜 생각이 들기도 하면
난 또
나를
위로하며 위로하며

나를 사랑했던 사람들이 자꾸 떠올라
그들은 나의 삶을 가엾게 보았지

나를 미워했던 사람들이 자꾸 떠올라
그들은 나의 삶을 비웃곤 했었지

우두커니 방 안에 서 있다가
패배자처럼 누워 있다가
결국엔 다시 일어서는 이유는

그 언젠가
내게 사랑을 가르쳐 준
어머니 때문에

그 위로가
영원히 나를 위로하며 위로하며

여우 주연상

그날이 생각나
너를 처음 본 순간

한눈에 사로잡은 네 모습은
너무나 멋져서

조금은 내가 초라해 보였어

난 알 수 있었어
이 시간 이 시절의 사랑은
너라는 걸

널 만날수록
점점 더 예뻐지고 싶어져
내 사랑이 이토록 아름다우니까

때론 사랑이
지울 수 없는 과거가 되어
날 괴롭힐까 봐

사랑을 피해 다녔었는데

너라는 사람을 만나
난 이 세상을 만끽하고 있어

행복해
재밌어

자상한 너
다정한 너
너는 정말 내 사랑

이 드라마가 영영
끝나지 않았으면 좋겠어

날 여주인공으로 만들어준 너
널 위해
최고의 여우 주연상을 탈게

카페에서 흘러나오는 음악이
우리의 분위기를 더 고조시키고

난 네 눈을 바라보며 생각해

외로움의 끝에 만난 너
날 사랑해주는

이 시간
이 시절의
내 사랑아

수많은 계절이 지나가도
이 순간은 계속 기억하라고
내 눈에게
지휘하며
소망하며

혹시 모를 이별을 미리 두려워하며
네게 말을 건네

사랑해 오늘도

축제

내 마음이 기쁘니
온 세상이 축제인 것만 같아

이런 날을 기다려왔어

오래된 거울을 바라보며 말해보네
예쁘게 살 거야
그렇게 살아갈 거야

내 마음이 사랑스러우니
온 세상이 축제인 것만 같아

이런 날이 오기를 원했었어
이런 날 원하고 있었어
아주 오래 전부터

마음을 곱게 먹으니
온갖 행복들이 내게로 달려오네

더더욱

말도 예쁘게 하고
마음도 예쁘게 먹고
사랑도 밉지 않게 해볼 거야

행복이여 반가워
너를 만나게 되어 기뻐

불행보다 만나기 힘들었던
행복이여 다시 만나게 되어 기뻐

내 마음이 기쁘니
온 세상이 축제인 것만 같아

불행이여 안녕
너를 만나 고독했었지만

행복보다 곁에 있어줬던
불행이여 안녕

정말로 이젠 안녕

계절들의 대화

겨울은 자신의 시간이
가장 아름답다고 생각하고 있었다

가을 또한 겨울보다 자신이
매력적이라 생각했는데

가을은
자신이 사라짐으로써
세상이 추워지는 거라고
자신을 마치 세상의 주인공처럼 말하였고

겨울은
결국엔 자신이 혼자 남게 되므로
마지막 여왕이라며 모든 계절에
자신의 아름다움을 내세웠다

그러자 봄이 나타나
이 세상에 마지막은 없다며
자신을 세상의 구원이라 말하였고

이때 여름이 끼어들며
세상은 뜨거운 것들이 움직이는 거라며
자신을 자랑스러워했다

아무것도 아닌 애

새로운 사람을 만나
새로운 언약을 하며

혹시나 과거의 연인을 말할 때에

아아
과거에 그런 애가 있었지만

이제는 아무것도 아니라며

그런 애가 있었는데
이제는 아무것도 아니라며

이제는 정말
아무것도 아니라며

비비안

똑 똑 똑 똑

오늘은 아가씨가 이상해
방에 들어가자마자
나오질 않아

나의 아가씨
그대의 슬픔을 나는 알고 있어요
방문을 좀 열어봐요
내가 위로해 줄게요
내가 토닥토닥해줄게요

나의 따스한 체온으로
당신의 얼음을 녹여줄게요

당신이 목놓아 울며
부르는 이름이
그 이름이 당신을 아프게 한 당신의
사랑인가요
그런 건가요

나는 비비안
당신의 슬픔을 안아줄게요
어서 방문을 열어봐요

울지 마요
아가씨가 그의 이름을 사랑하듯
아가씨의 귀한 이름을 사랑하는 사람이
많다는 걸 알아야 해요

사람에 울지 마요
사랑에 울지 마요

그렇게
세상이 끝난 것처럼 비명도 지르지 마요

시계가 바삐 움직이며
날이 밝아오면
당신의 슬픔도 빛에 의해
소멸될 거예요

나도 그래왔으니까요

사랑을 하면 누구나
고독해지기도 하는 거죠

사랑인가요
그런 건가요

난 아가씨 방문 앞에 우두커니 앉아 있죠
어서 문을 열어봐요
가장 따스한 체온으로
그댈 안아줄게요
그대에게 안겨줄게요

그렇게
슬픔은 지나가는 거래요

뽀대

내가 좀 뽀대가 난다는 너의 말이
귀여워
너만의 뽀가 되고 싶은 걸

빨간 뽀
빨간 러브

날 바라보는 네 눈빛엔
빨간 하트가

나를 보며 감탄하는
네 표정이 사랑스러워

그럴수록
너만의 요정이 되고 싶어져

너와 내가 가는 이 길을
레드 카펫으로 만들 거야

우리의 시간은
영화보다 더 영화롭게 길고도 길 거야

내 리드를 믿고 따라와
어쩌면 우린
세기의 커플이 될지도 몰라

넌 너무나 대단하고
난 뽀대나니까

너로 인해
빨간 레드가 좋아졌어

빨간 뽀
빨간 러브

날 바라보는 네 눈빛엔
빨간 하트가

사랑해라는 너의 수줍음에
나까지 쑥스러워지네

내가 뽀인 줄 알았는데
이거 뭐야
나보다 더 귀여운 사람이잖아

사랑해
사랑해
핑크빛 하늘만큼 사랑해

너에겐 내가 필요하고
나에겐 너가 너무 소중해

우리의 이 시간들을
깜빡깜빡 저장해두기

난 너의 뽀니까
난 네가 있어야 뽀대가 나니까

빨간 뽀
빨간 러브

날 바라보는 네 눈빛엔
빨간 하트가

난 뽀니까
오늘은 기분이 좋으니까
너에게 뽀뽀뽀

시

시를 쓰기로 했다
그래서
시 속에 너를 가두기로 했다

이 안에선
너와 내가 주인공이 될 수 있을 테니

마음껏 너를 아름답게 단어로 주무른다

그러나
시시해지지는 않게

그날을 그리워하다

그날을 그리워하다가
정말로
그날을 만난 사람이 있을까

천국의 구름 위에서

천국의 구름 위에서
너를 바라보면
너는 너무 아름다워

다가가 말을 걸고 싶지만
그럼 규율에 어긋나는 걸

아아
바라만 봐도 이렇게 좋은데
눈을 맞추면 어떤 기분일까

입을 맞출 날도 올까

천국에 걸려 있는 시계를 바라보면
지상의 시간이 너무 짧게 느껴져

내 날개를 떼어 네게 선물하면
넌 좋아할까 무서워할까

내가 너를 보고 있다는 걸 깨닫게 되면
넌 어떤 표정을 지을까

이 미친 사랑이
어떻게 될지 궁금하지 않니

그건
하늘만이 아는 일
우리만이 아는 일

이건
말해줄 수 없어
내 사랑

3

영원아 영원해주라

사랑과 이별

어떨 땐 사랑만 떠나가는 게 아니라
이별도 떠나는 때가 오더라

비누

착한 비누
고운 비누
남을 씻겨 주는 비누
때론 비밀스러운 비누

하지만
비누를 씻겨 주는 자는 드물지

모른 척

살다 보면

같은 하늘 아래
평생을 모른 척하며
살아가야만 하는

사이도
생길 수가 있는 거구나

그런데
그게 너라니

보호

보호해줘
민감한 것들 사이에서
따뜻하게 날
보호해줘

보고 싶어
둔감한 것들 사이에서
따뜻한 널
보고 싶어

보장해줘
유효기간 있을 사랑 속에서
넌 영원할 거라고
보장해줘

마지막 연애

우리 오래 봐요
서로가 서로의 첫사랑은 아니지만
마지막 연애는 나와 함께해요

나 어떡해
사랑에 빠졌나 봐

그대 이름을 자꾸 불러보고 싶어
하지만
부르기도 전에 수줍은 내 마음

우리 오래 봐요

초반에 끝나는 연애 같은 거 말고
고양이의 느긋한 발걸음처럼
천천히 오래 봐요

나 어떡해
자꾸 곁에 있고 싶어

허락해 줄래요?
내 이름이 당신 이름 옆에 있기를

옛사랑

그게 우리의 마지막이었지
모든 연인들이 그러하듯이
이게 우리의 마지막이었어

더는 연락하지 않을 거야

지나간 너를
그저 지나간 한 사람이라 생각하며
더는 너와 연결되지 않을 거야

너가 떠난 순간부터 알게 되었지
네가 아닌
네 다음 사람을
더 사랑하게 되리라는 것을

사랑을 퍼붓겠어
네가 기억도 안 날 만큼

가소로워라
옛사랑이란

끝내주는 날

뭐가 됐든 난 네게로 가고 있어
오늘은 널 만나야겠어

지하철을 타고
버스를 타고
길을 걸으며
뛰기도 하며

밤이 오기 전에
널 봐야겠어

바람에 머리카락이 흔들리고
걸음은 점점 빨라지는데

널 볼 수 있을까
너에게 닿을 수 있을까

오늘이 너와 끝일지라도
난 네게로 가고 있어

이유는 간단해
시작은 네가 했어도
끝은 내가 정해

무슨 일이 있더라도
널 만나야겠어

끝내주는 이별을 위해

이런 쉬운 결말을 위해서
널 만난 건 아니었지만

무슨 일이 있더라도
널 만나야겠어

끝내주는 나를 위하여

넌 오늘 내 모습을 봐야 해
어쩌면
몇 방울 흘리는 눈물까지

똑똑히 봐둬
내 옷차림
내 표정

내 마지막 미소까지

날 볼 수 있는 건
오늘이 마지막일 테니

헤어지자는 네 말을
정말 이루어지게 해줄게

대신
난 오늘 널 봐야겠어

시작은 네가 했어도
끝은 내가 정할 테니

네게로 향하고 있어
널 미워하는 마음을 안고서

이렇게 화창한 날에
가장 예쁜 옷을 입고
너와의 마지막을 정하러 가

헤어지자는 네 말을
정말 이루어지게 해줄게

번복 따윈 없어

무슨 일이 있더라도
널 만나야겠어

끝내주는 이별을 위해

나나나나
애인이 나를 지켜준 적은 없었지

무슨 일이 있더라도
널 만나야겠어

끝내주는 나를 위하여

이유 있는 기다림

네가 떠난 뒤로
너와 닮은 사람만을 찾게 돼

너의 목소리마저 닮은

그렇다고 사랑에 빠지진 않지
네가 아니니까

그냥 나도 적적해서
함께 있는 것뿐이야

사랑에 빠지진 않아
네가 아니니까

사실 아직 헤어진 거라
생각되진 않아

넌 다시 내게 돌아오게 될 거야
넌 외로움을 잘 타니까

너의 외로움엔 이유가 없으니까
그래서 더 괴로운 거니까

기다림의 사랑
1년 2년 3년
그 이상이 흘러도

난 너밖에 없을 것 같아

기다릴 수 있어
네가 떠난 이유를 잘 아니까

넌 먼저 도망치는 게 특기니까
가여운 내 사랑

깊어지는 사랑이 두려워 떠나는
가여운 내 사랑

먼저 연락은 하지 않을게
넌 다가가면 날아가니까

널 기다리고 있으면서
나도 날 발전시키고 있어

더 멋진 모습을 보여주고 싶어서

그날을 위해
사랑은 하고 있지 않을게

걱정하지 마
너의 이별 통보를
진짜로 여기고 있지 않아

기다림의 사랑
1년 2년 3년
그 이상이 흘러도

난 너밖에 없을 것 같아

기다릴 수 있어
네가 떠난 이유를 잘 아니까

넌 먼저 도망치는 게 특기니까
가여운 내 사랑

넌 다시 내게 돌아오게 될 거야
넌 외로움을 잘 타니까

너의 외로움엔 이유가 없으니까
그래서 더 괴로운 거니까

다시 만나게 되는 날을 기다려
여전한 내 사랑은 너였다고

이 마음은
결코 변할 수가 없었다고

네가 떠난 뒤로
너와 닮은 사람만을 찾게 되었지만

넌 유일무이해서
난 너밖에 몰랐다고

너와 같이 나도
너무나도
외로워하고 있었다고
말해줘야지

사랑하니까
기다림에 지치지 않았다고
그렇게 말해줘야지

깊은 사랑이 무서워
도망쳤던 가여운 내 사랑아

멜로디

암흑 속에서 다시 피어났지

스스로가 기특해서
상을 줘야겠어

눈물로 얼룩졌던 세상에서
새로운 나의 세상이 펼쳐지네

매일 밤 울면서
펼쳐본 내 미래의 상상

중요한 건
버티는 거였지

이제는 시간도 내 편이지

흐르면 흐를수록
난 모든 걸 가질 거야

그 무엇도 날 구해줄 수 없었을 때

멜로디만이 날 위하네
멜로디가 나를 알아주네

멜로디
멜로디
따라 불러보는
내 사랑의 노랫말

네가 옆 사람을 사랑할 때
나는 별들을 사랑해

네가 옆 사람에게 키스할 때
난 내 귀의 볼륨을 높여

멜로디
멜로디
따라 불러보는
내 사랑의 노랫말

사랑을 따라가 보니
꿈도 닮아가네

사랑을 따라가 보니
그대가 내 앞에 있네

그토록 보고 싶던 그 사람이
내 앞에 있네

잘 지냈니 내 사랑
널 만나러
널 찾아왔어

먼 길을 돌고 돌아
너와 같은 별이 되려
널 이렇게 찾아왔어

네 멜로디가
날 여기까지 오게 만들었어

멜로디
멜로디
어느새 나도
그대의 멜로디가 되어

함께 사랑 노래를 부르며

라라라

아이 좋아

겉으론 평범해 보였겠지
질투 받을까 봐 날 좀 숨겼어
질투 그런 거 귀찮거든

그런데 이번엔 좀 달라지려고
제일 예쁠 날에
날 좀 내세워보려고

걔네들이 생각지도 못한
꿈이 생겼거든

평범한 게 싫어졌어
난 최고로 특별해질 거야

예뻐지고 싶은 맘엔
다 이유가 있지

멀리서도 마주치는
너와의 시선

너무 두근거려
사랑이 탄생했네

멋진 일이 생길 것만 같아
아이 좋아

말은 하지 않아도
그 애의 마음도
날 향하고 있다는 걸 깨달아
너무 두근거려
사랑이 탄생했네
아이 좋아

내가 부르기에 딱 좋은
너의 이름

너의 옆에서
실컷 부르고 싶은
너의 이름

이건 예견된 사랑이야
큐피드가 정해준 사랑이야

하루에도 수십 번 웃게 돼
다 너 때문이야

설레 설레 너무 설레
네 옆 가까이서 더 설레고 싶어

좋아해 좋아해
사랑으로 가게 될 것 같아

나 어떡해
데이트 이런 거
부끄러워서 잘 못하는데

그래도
용기 내봐야 되겠지?
그치?

널 알게 된 이후로
평범해 보이고 싶지 않았어

가장 특별한 백조로
너의 눈에 발견되고 싶었어

이건 예견된 사랑이야
큐피드가 정해준 사랑이야

너무 두근거려
사랑이 탄생했네
아이 좋아

네가 먼저 다가와 봐
난 너무 떨려서
네 근처만 가도
아무 말도 못하겠는 걸

좋아해 좋아해
사랑으로 가게 될 것 같아

너도 느끼고 있니
내 마음

가장 예쁠 날에
날 놓치지 마

난 벌써 너와의
첫 데이트를 상상하고 있어

내가 특별해지고 싶어진 건
다 네 덕분이야

좋아해 좋아해
사랑으로 가게 될 것 같아

너는 딱
내가 사랑하기에 좋은
이름으로
태어났어

4

안녕에 영영이 붙으면
슬퍼져

사랑 노래 다른 사랑

내가 사랑 노래를 부를 때
네가 더 이상
떠오르지 않았으면 좋겠어

우린 헤어졌고
나에겐 새로운 사람이 있으니까

요즘엔 이별 노랜 듣지 않아
그건 너와 내 얘기 같아서

널 잊을 수 있으리라는
확신에 찬 나의 마음

신기하지 너나 나나
그토록 좋아했는데
이토록 허무해졌으니

널 잊을 만한 사랑을
키워나가고 있어

네가 그랬듯이

내가 사랑 노래를 부를 때
네가 더 이상
떠오르지 않았으면 좋겠어

우린 헤어졌고
나에겐 새로운 사람이 있으니까

너는 그저
그 어떤 날에
거리에서 들려오는
이별 노래에
잠시 생각날 정도면 되는 거야

그 정도가 딱 우리 사이에 맞는 거야

너를 대체할 사람을 찾았어

널 생각하며 듣던 그 사랑 노래는
이제 듣지 않아

새로운 곡을 찾았거든

제목은
사랑 노래 다른 사랑이야

가사에 이런 구절이 나오지

헤어짐에 멈추지 말아요
진짜 사랑은 멈춰지지 않아요

너도 이 노랠 알고 있으려나

너는 그저
그 어떤 날에
거리에서 들려오는
이별 노래에
잠시 생각날 정도면 되는 거야

그 정도가 딱 우리 사이에 맞는 거야

이제는
이제는

너도 이 노랠 알고 있으려나

헤어짐에 멈추지 말아요
진짜 사랑은 멈춰지지 않아요

우리 잠시 멀어지자

너는 사랑을 닮았지만
나는 이별과 닮았다

내게 사랑을 속삭여도
난 슬픈 이별에 끌리는
그런 이상한 사람이니까

잘 지내다가도
멀어지고 싶다

널 사랑하지만
가끔씩은
헤어진 상태로
멀리서 널 사랑하고 싶은
마음이 든다

알 수 없는
마음의 회오리

그저 밝기만 한 사랑으로는
내 마음을 뜨겁게 할 순 없어

타오르길 원해
내 마음이 온통
너로 타오르길 원해

그러니
잠시 우리 멀어지자

더 소중해지기 위하여

너는 사랑을 닮았지만
나는 이별과 닮았다

내게 사랑을 속삭여도
난 슬픈 이별에 끌리는
그런 이상한 사람이니까

너로 인해 지금은 웃고 있지만
언젠간 너를 생각하며 울고 있을 테지

그날을 위하여
네 모습을 기억해두고 있어

미안해
난 사랑보다 이별을 더 사랑해

너와 매번 데이트하는
그런 평범한 연애보다는

멀리서 애타게 그리는
그런 이별을 사랑한단 말이야

그냥 사랑으로는
날 만족시키지 못해

강렬한 걸 원해
널 격렬하게 그리워하는
그런 마음을 원해

그러니
우리 잠시 멀어져 있자

어쩌면 영영

사랑하지 않는 게 아니야
널 더 사랑하기 위해
이별을 택하는 거야

이상하다고 해도 좋아
그 말이 틀린 건 아니니까

사실 나도 내 마음을 잘 모르겠어

단지
지금처럼 그저 널 아무 때나 보는 것보단

널 너무나 그리워하고 싶어

이별을 택함으로써
널 영영 사랑하고 싶어

내 선택이 후회될 만큼
널 너무나 그리워하고 싶어져

그러니 우리 잠시 멀어지자

서로가
너무나 소중해지기 위하여

끝까지 완벽한 너

때때로 나는 혼자였지
누군가와 함께 있어도
나는 혼자였지

넌 어쩜
끝까지 완벽하니
사랑에
모든 걸 걸진 않지

슬픈 노래를 불러
내 슬픔이
네게 닿을 수 있게

서로가 여전히 그리워하는 것
같으면서도
서로가 다시는 다가가진 않지

사랑의 모든 단계를
밟아버렸으니까

불안정한 사랑만큼
자극적인 건 없지

힘들었던 나의 나날에
넌 내게 찾아온 거야

그래서
네가 소중한 줄도 모르고
널 아껴주지 못했어

끝까지 완벽한 너는
불행한 나를 떠났지

아무 소식이 없는 네가
잘 지내고 있다는 게 느껴져

왜인진 모르겠지만
정말 그렇게 느껴져

완벽한 너
끝까지 완벽한 너는
사랑에
모든 걸 걸진 않지

때때로 나는 혼자였지
네가 떠나고
누군가와 함께 있어도
나는 혼자였지

내가 이젠 잘 지내듯이
너도 잘 지내길 바라는 걸 보면
우리 정말 헤어졌나 봐

진짜 이별에 도착했을 땐
더 이상 서로의 불행을 바라지 않지

끝까지 완벽한 넌
행복해질 거야

내가 사랑했던 사람이니까

그 여자의 끝

두고 봐
내가 사라진 뒤
네 모습이 어떻게 될지
기대돼

너와 함께했던 모든 게
내가 너무
어리석어서 너무나 속상해

마치 배신은 정해져 있었던 것처럼
넌 그렇게 변한 거야

너 때문에 내가 무너진 것 같았겠지

그래 당장엔 그렇게 보이겠지
난 사랑에 약한 여자였으니까

사랑을 잃었지만
난 나를 키우겠어

더 이상 사랑이 아닌 나를 키우겠어

사람들은 웃겨
여자가 사랑에 실패하면
그게 그 여자의 끝이라고
생각하지

그렇다면
아예 사랑을 없애주겠어
내 안에서 너를 없애주겠어

너 때문에 내가 무너진 것 같았겠지

그래 당장엔 그렇게 보이겠지
난 사랑에 약한 여자였으니까

너에게 사랑한다 말했던
내 입술이 내 마음이
잠시 미쳤었다고
전해달래

네 눈치를 너무 많이 봤지
널 잃으면
내 지난 세월이 찢겨 나갈까 봐
계속 계속 참고 견뎠지

넌 고마운 줄을 몰라

두고 봐
내가 사라진 뒤
네 모습이 어떻게 될지
기대돼

사람들은 웃겨
여자가 사랑에 실패하면
그게 그 여자의 끝이라고
생각하지

마치 배신은 정해져 있었던 것처럼
넌 그렇게 변한 거야

이 증오가 사라져
그리움이 찾아올지라도

널 예쁘게 포장하지 않을 거야

넌 나빴고
그래 네가 이겼어
내 인생의 일부에서
난 사랑에 잠깐 패배한 것뿐이야

사람들은 웃겨
여자가 사랑에 실패하면
그게 그 여자의 끝이라고
생각하지

하지만
이렇게 무너지기엔
가장 달콤한 건 아직 오지 않았어

사라져줄게
넌 그대로 지금처럼 살아가면 돼

멀지 않은
가까운 미래에
네가 우스울 수 있게

왜일까

사랑 노래를 부르고 싶지만
내 사랑은 왜 이리 얄팍할까

성공의 노래를 부르고 싶지만
내 삶은 왜 이리 평범할까

세상은 재빨리 변해가는데
난 왜 변해지지 않을까

변명을 달고 싶지 않은데
왜 이리 내 마음은 온통 변명으로 가득할까

꿈에서 만난 어린 시절이 그리워
옛 친구에게 연락할까 싶다가도

그들은 옛날의 친구가 아니지

꿈은 꿈일 뿐이라는 타인들의 말이
너무나 야속해서
펑펑 울고 싶지만

포기가 안 되는 건 왜일까

그 사람도 여전히 날 잊지 못했을 거란
착각 속에 사는 건
왜 이리도 행복할까

노래는 잘 부르진 못해도
가수가 되고 싶은 건 왜일까
모든 노랫말이 다 내 얘기 같아서일까

암기를 하는 공부처럼
좋아하는 노랫말도 외워버리면
조금이라도 그 얘긴
내게도 이루어질 수 있을까

내가 적에 둘러싸여 있을 때
나를 구해줄 사람이 있을까

수천 번 들었던
그 노래가 날 구했듯이

그 노래의 가수가
날 구해줄 순 없는 걸까

세상이 온종일 낮이었으면 좋겠다
혼자인 것만 같은 밤에
네가 생각이 나지 않게

난 여전히
먼저 사라지는 게 행복해

이기적이게도 그건 정말
후련하거든

마음의 바다에 던져진
무수한 이름들

그곳에 여전히 움켜쥐고 있는
잊을 수 없는 나의 첫사랑

혼자 남겨질 바에
먼저 떠나가는 게 행복해

날 영원히 기억해줘

내 마음의 바다엔
모든 것들이
네 이름으로
노래를 부르네

닿을 순 없어도
여전히 사랑한다고

닿을 순 없어도
사랑이 다한 건 아니라고

세 가지 사랑

너와 즐겨 들었던
음악을 듣고 있어

너는 떠났지만
이 음악은 남아 있네

이 노래의 가수가 되고 싶어져
그러면 넌 날 찾아줄 테니까

널 잃은지 오래되었나 봐
그렇게도 미웠는데
너와 있었던 모든 일들이
아름답게 느껴져

세상엔 세 가지 사랑이 있대

최고의 사랑
거짓된 사랑
잘못된 사랑

그런데 너와 난
최고의 사랑이라 하기엔
너무 쉽게 끝났어

거짓이라 하기엔
그렇게 믿고 싶지 않아

잘못된 사랑이라 하기엔
내 마음은 실수할 리 없어

하지만 어쩌면 전부
너와 내 얘기일지도 모르지

최고였으나 거짓된
너무나도 잘못된 사랑

다시 사랑이 되는 법

좀 짜증이 날 것 같아
그녀가 정말 날 잊은 것 같아서

나도 그녀를 잊어버리면
그 누구도 서로 그리워하지 않는 거겠지

하지만
쉽게 잊을 수 없는
그녀라는 존재

다가갈 수 없으니
더욱 애탈 수밖에

쓰레기가 된 것 같아

그녀는
쓰레기처럼 쉽게 날 버렸으니까

그래
어쩌면 쓰레기가 맞을지도 몰라

그녀에겐 더 이상
필요 없는 이별의 쓰레기

그런데도
보고 싶다
너무 보고 싶다

옆에 꼬옥 두고 싶다

먼저 연락하면
다정하게 날 다시 받아줄까

얕은 감정은 아니었는데
그녀는 왜 이리 몰라줄까

나도 그녀를 잊어버리면
그 누구도 서롤 그리워하지 않는 거겠지
운명적인 요소를 찾아야 해
소녀 같은 그녀가 반할 법한

사랑은 이별이 되어도
또다시 사랑이 될 때가
있는 법이니까

외로움이 짙었던 그녀에겐
사랑보다 친구가 필요했을지도 몰라

그녀의 친구가 되어주고 싶어

세상에 홀로 남겨진 것만 같다고
가끔씩 외로움을 내뱉던 그녀에게

사랑보다
친구가 되어주고 싶어

그래서
사랑에겐 말할 수 없었던 이야기를
친구란 이름으로
그녀에게서 듣고 싶어

사랑은 친구가 되어도
또다시 사랑이 될 때가
있는 법이니까

나랑 사랑할래?

나랑 사랑할래?
널 좀 눈여겨봤었거든

너라면 뭔가
통할 것 같아서
이렇게 다가왔어

고마워
오늘도 날 반갑게 맞이해줘서

너랑 사랑에 빠지고 싶어
세상이 재밌어질 만큼

아직 하늘은 날 버리지 않았나 봐
이렇게 널 만나게 되었으니

나만 널 사랑하는 게
아니었으면 좋겠어

너도 날
너도 날
격정적으로
사랑해줘

환희에 미칠 만큼
감정을 일으켜줘

네가 좋아

따뜻하고 다정한 너의 미소에
가슴이 너무나 설레

내게 나타나줘서 고마워
널 알기 전 세상은
되게 재미없었거든

넌 누구에게나
친절하지

그 점이 질투 나긴 하지만
어쩔 수 없지

그 점에 나도 너에게
빠진 거니까

만인의 연인인 너를
나만의 연인으로 만들 거야

내 매력으로
내 주특기로

어딘가 외로워 보이는 사람은
조금은 매력적이라는 걸
나도 꽤 잘 알거든

너랑 사랑에 빠지고 싶어
세상이 재밌어질 만큼

아직 하늘은 날 버리지 않았나 봐
이렇게 널 만나게 되었으니

나랑 사랑할래?
나 사실 너무나 혼자거든
정말
너무나 혼자였거든

이런 날 미워해

넌 늘 아무렇지도 않아 보여서
정말 아무렇지도 않은 줄 알았어

네가 곁에 있을 때보다
떠난 뒤에 널 더 사랑해서 미안해

나도 이런 날 증오해

힌트라도 줬더라면
널 이렇게 쉽게 보내지 않았을 텐데

넌 빨리
떠나고 싶었나 봐
모든 걸 버릴 만큼

그렇게 흔적도 없이
사라져버리면
난 어떡해
정말 난 어떡해

앞으로 너 없을 날이
아득해
난 정말 어떡하지

내 아픔만 큰 줄 알았지
너의 외롭고 뜨거운 마음은
알지 못했어

이런 날 미워해

넌 늘 아무렇지도 않아 보여서
정말 아무렇지도 않은 줄 알았어

네가 곁에 있을 때보다
떠난 뒤에 널 더 사랑해서 미안해

하늘을 사랑하는 이유는
네가 하늘에 있기 때문이야

내 남자친구는 가수

오늘 하루는 어땠니
난 오늘도 여전했어

네 속삭임은
늘 사랑으로 가득한데

오늘따라 내 마음은
채워지지 않았어

가끔씩
너무 차이나는 너의 빛에
눈이 부셔
눈물이 흐르기도 하지만

그건 그만큼
널 사랑한다는 이유이니까

너의 지난 사랑은 누굴까
네 노랫말엔
지나간 연인을 그리워하는

아파하는
슬퍼하는
이별의 말들

그 사람은
얼마나 행복할까

너같이 멋진 사람이
기억해주니까
잊지 않고
잊지 않고

널 만난 적은 없지만
널 너무나 알고 있어

넌 내 남자친구야
내가 힘들 때마다 연락하면
속삭임으로
날 토닥여주는
빛나지만 차가운 나의 남자친구

가끔씩
너무 차이 나는 너의 빛에
눈이 부셔
눈물이 흐르기도 하지만

그건 그만큼
널 사랑한다는 이유이니까

나는
모르는 사람과 연애중

나를
모르는 사람과 연애중

그럼에도
너무 사랑이라
마음이 시려오는 내 사랑

내가 성공한다면
네 덕분이야

네 노래가
죽어가던 날 살렸으니까

나는
모르는 사람과 연애중

나를
모르는 사람과 연애중

내 남자친구는 가수이니까

5

사랑아 왜 날 피해 가니

사랑이 지겨워졌어

너는 나와 헤어지고 뭐해
데이트 끝나고 말이야

집에 와서도
우린 또 연락을 하지

우리가 익숙해진지
꽤 많은 시간이 흘렀어

가끔은 너무 편해
서로에게 실수도 많이 하지

그럴 때마다
내 안의 나쁜 애가
너와 헤어지는 건
어떻겠냐고 슬쩍 떠보네

그럼 또
내 안의 착한 애는
너만 한 사람은 어디 없다고

고작 이런 걸로 이별은 아니라고
내게 설득하지

사소한 걸로 다투는 것도
많은 요즘

사실 데이트 하면서도
너와 있는 게 부담스러워졌어

나도 잘 모르겠어
갑자기는 아닌데
네가 조금 싫어진 것 같아

그토록 좋아했던 너인데
이제는 네가 내게서
멀리 떨어져 줬으면 좋겠어

사랑이 지겨워졌어
늘 다정하게만 대해줘야 하는
사랑이 지겨워졌어

너를 보내주고 싶어
다른 사람에게

나는 오늘부터
너에게 연락하지 않을 거야

헤어지잔 말을 남기고서
너에게서 난 없어질 거야

사랑이 지겨워졌어
늘 따뜻하게만 대해줘야 하는
사랑이 지겨워졌어

그러니
내가 헤어지잔 연락에
너도 손쉽게 그러자고 해줘

언제 연인이긴 했었냐는 듯이

사라져가는 것들에 대하여

지금은 곁에 있지만
내게서 떠나간 것들처럼
너도 사라지겠지

지금은 영원을 약속하겠지만
그건 지금뿐이라는 걸
이미 알고 있어

사라져가는 것들에 대하여
내가 할 수 있는 거라곤
더욱 사랑하는 수밖에

사라져가는 것들에 대하여
내가 막을 수 있는 거라곤
꼭 껴안을 수밖에

널 만나기 전
꽤 좋아하는 사람이 있었어

지금도 가끔씩 그때의 마음을
추억하며
꺼내 볼 때가 있어

하지만 그뿐이야
사라진 것들 중 하나일 뿐이야

내가 왜 이런 말을 하냐면
우린 모두 사라지기 때문이야
그래서 말이야
눈앞에 보이는 가까운 것들을
사랑해야 해

시간은 그것들을
언젠간 멀리 데려갈 테니까

그러니까
나를 좀 더 좋아해 주는 건 어때
어제보다 더
지금보다 더

우린 모두
사라지는 사람들이니까

잊을만 하면

버릴 거면
좀 더 빨리 과감하게
버려주지 그랬어

더 실컷
미워할 수 있게 말이야

근데 다시 날 찾는 건
무슨 의도야

내가 너 때문에
얼마나 힘들었는지
알려고도 하지 않았었지

딱 너다워
계속 그렇게 너답게 살지
왜 연락한 거야

떠보는 거야
정말 보고 싶은 거야

난 또 미친 거야
네 말 한마디에 또 흔들리니까

제발 네가 먼저 날
확실하게 잊어줘

더 이상 미련 갖지 않게
도와달란 말이야

근데 난 또 네가 보고 싶어서
마음이 이랬다저랬다 해

나만 미친 게 아니라
너도 미친 것 같아

잊을만하면 내게 찾아와
다시 내 사랑을 원하니까

하지만 어떡하지
난 보고 싶다고 해서
다 보진 않거든

널 다시 만나기엔
내가 좀 변해서 말이야

널 만난 건 운명이라 여겼지만
운명이라기엔 좀 우습네

너의 연락에 답장은 하지 않을게

난 보고 싶다고 해서
다 보진 않거든

말리다

너를 만나러 가는 길에
강한 바람이 나를 감싸고
그곳으로 가지 말라고
나를 말리네

바람을 맞서고
그건 나도 알고 있다고
그러나 가야만 한다고
그래야 내가 사는 거라고

난 목적지를 너로 정하네

뭔가 잘못되어도 한참
잘못된 것 같은 만남

이게 맞는 걸까
눈물이 흘러나와도
그럴수록 더 속도가 나는
내 발걸음

나를 망치러 가는 사랑
하지만
어쩔 수 없어

이미 시작이 됐잖아
완결을 낼 수도 없잖아

내 모든 소중한 걸 버리고
너에게로
너에게로

내 모든 걸 버리고
너에게로
너에게로

사라질 수도 없어
떠날 수도 없어
이미 시작된 만남이니까

나는 바보라
한 사람밖에 몰라

나는 서툴러서
이런 힘든 사랑
어떻게 끝내야 할지도 더더욱 몰라

나를 망치러 가는 사랑
하지만
어쩔 수 없어

이미 시작이 됐잖아
완결을 낼 수도 없잖아

바람이 목소리를 내며
가지 말라고
가면 후회한다고
소리를 질러도

난 그런 거 모른다고
가야만 한다고

이게 사랑인지 뭔지
모르겠지만

멈출 수가 없다고

시작하는 방법은 알았어도
끝내는 법은 배운 적이 없었다고

세차던 바람이 잦아들고
약속 장소에 도착하고
너는 뒷모습인 채로
앉아 있고

그때 난 깨달았어야 해

도망쳐야 해
어서
도망쳐야 해

후회할 거라고

하지만
난 네 앞에 앉아
웃으며 네 이름을 부르지

도망치기엔
이미 늦었다고

시작하는 법은 알았어도
그 누구도
끝내는 법은 알려주지 않았으니까

무심코 창밖을 바라보네
난 왜 여기에 있을까
나를 사랑하지 않는 사람 앞에서

모든 게 처음이라는 이유로

첫사랑이라 부르기엔
너무나도 부끄러운 만남

하지만
난 네 앞에 앉아
웃으며 네 이름을 부르지

도망치기엔
이미 늦었다고

널 따라다니다

내게 좀 잘해주라
난 맘이 약한 남자이니까

너가 그렇게 한 번씩
화를 내면
난 소년처럼 너무 깜짝 놀라

우리 사이를 지키기 위해선
내가 언제나 마음을 가다듬어야 하지

맘대로 하라는 너의 말에
정말 내 마음대로 하면
수도 없이 널 떠난 적이 많았지

하지만 그래선 안 돼
난 너의 반대로 말하는 버릇을
잘 아니까

그러니까
난 널 혼자 두지 않을 테니까

너도 내게 좀 잘해주라
난 맘이 약한 남자이니까

너가 1이라면
나는 숫자 2야

옆으로 보나
뒤로 보나
언제나 난 네 곁에 있어

그러니
내게 상처를 줘도
바보같이 널 따라다녀

새침한 네가 없이는
이젠 살 수 없을 것 같아
1에겐 2가 따라오지 않아도
익숙해질 때가 오겠지만

2에겐 1이 없으면
방향을 잃거든
길을 잃거든
사랑을 잃거든

그러니
내게 좀 더 잘해주라

널 따라다니며
보호하는 이 길이
쉬워질 수 있게

널 영원히 따라다닐 수 있게

너의 친구로 남아

좋아해도
좋아한단 말 하지 않기

사귀고 싶어도
사귀고 싶단 말 하지 않기

너의 친구로 남아
모든 얘길 들을 수 있게

너의 친구로 남아
사랑보다 더 사랑이 될 수 있게

사실 넌 날 만나
고생 좀 하겠지
어딜 가도 나만 한 애 못 볼 테니까

우린 키스해선 안 돼
포옹도 안 돼

음 손은 허락해 줄 수도 있어
그 이상은 안 돼

그 이상은 연인끼리만 하는 거니까
우린 친구니까

난 이렇게 너의 친구로 남아
널 사로잡아 둘 거야

사랑은 이별을 향해 출발하니까
그래서 난 너의 친구로 남아
행복을 만끽할 거야

연인은 옆에 서서 바라보고
친구는 앞에서 바라보지

난 너의 앞모습이 좋아
네 미소를 정면에서 바라볼 수 있으니까
아무렇지 않게 날 대할 땐
조금 서운할 때도 있지만

그래도 난 행복한 사람이야
너라는 사랑스런 친구를 두었으니

지난 사랑처럼
구차하게 널 잃기 싫어

우린 친구로 남아야 해
그러니 친구야 날 좀 유혹하지 마

잡은 이 손에 다정함을 넣지 말아줘

가지고 나면 시들해지는
내 이중적인 마음을 네게 주고 싶지 않아

넌 내 친구로 남아
사랑보다 더 사랑인 친구로 남아줘

연인은 옆에 서서 바라보고
친구는 앞에서 바라보지

사실 손도 잡아선 안 돼
너의 옆에서 손을 잡으면
모두가 우릴 연인으로 바라볼 거야

모두가 그렇게 바라보는 데도
우린 서로를 친구라고 소개하지

사랑보다 더욱 사랑인 걸 숨긴 채
서로를 친구라고 소개하지

지켜보는 사랑

내 사랑이
다른 사랑을 만나네

내가 할 수 있는 거라곤
지켜보는 것뿐

그대는 뭐가 그리 급했을까

사랑을 안 하는 게
그렇게 힘들었을까

내 사람이
다른 사람을 만나네

나 같은 건
존재한 적 없었다는 듯이

그런데
그대는 행복해 보인다

그래서
난 더 아파진다

그대는 참 어설프다
그대가 하는 사랑도

전부
어설프고 위험해 보여

사람은 그렇게
쉽게 만나는 게 아니라고
말해주고 싶어도

이젠 너무 멀리 있네
나를 두고
그댄 너무 멀리 있네

나와 함께 있지 않아도
난 그대의 사람이야

다른 사람과
꽤 많은 사랑을 하고
또
꽤 많은 이별을 해도

난 여전히 그대의 사람이야

그대는 변해도
변해가도

난 그저 지켜볼 뿐이라도
이렇게 이 자릴 지킬게

다시 돌아올
옆자릴 비어둔 채

난 자신 있어
내 마음은 틀린 적 없어

내 마음이 그대를 부르네
그댈 다시 끌어당겨

내 옆자리는
꼭 그대여야만 한다고

지금 그댄 다른 차를 타고 있지만
그대가 탈 자리는
결국 내 옆자리일 거라고

난 자신 있어
그댈 선택한 내 마음은
자부할 수 있어

그댄 내가 선택한
이 시대의 가장
특별한 사람이니까

지금은 다른 사랑을 하고 있어도
난 알아

그대의 마지막 차는
내 옆자리라고

비록 꽤 많은 시간이 흘러가도
그대는 좀 변했을지라도
괜찮아

내가 변하지 않았으니까
그거면 된 거 아니겠어

난 그런 사람 할래
한쪽이 더 사랑하는 사람
내가 그 사람 할래

그거면 된 거 아니겠니

가냘픈 내 사랑아

묻고 싶은 그 말

내가 돌아왔듯이
너도 돌아올 수 있을까

시계는 너무나도
돌고 돌아서
사라진 것들이 너무나도 많은데

그럼에도
너는 돌아올 수 있을까
기다림에게도
선물이 도착할 수 있을까

네가 그리워서
난 다시 여기에 와 봤어

넌 없지만
네가 그리워서
난 다시 여기에 와 봤어

떠나지 말라는 너의 말을

비웃고
널 떠났지

그땐 몰랐어
네가 내게 잊히지 않으리라는 걸

다시 널 찾게 되리란 걸

묻고 싶은 그 말
아직 날 사랑하니

널 찾고 싶어
널 찾아 너무나도
얘기하고 싶어

사랑은 이야기하는 거니까
다시 사랑을 이야기하고 싶으니까

묻고 싶은 그 말
아직 날 기억하니

시간이 너무 흘러서
내가 너무 늦어서
내가 너무 미워서

다 잊어버렸니

미안해
널 늦게 찾아와서

묻고 싶은 그 말
날 기다렸니

네가 그토록 사랑한 날
아직도 사랑하고
아직도 기억하고
아직도 기다렸니

미안해
내가 너무 늦게 와서
이제야 널 찾아와서

내가 돌아왔듯이
너도 돌아올 수 있을까

이별에 성공하다

이별에 성공했어

내 말 그대로야
지긋지긋한 만남에
이별로 성공했지

사람을 만난다는 건
어쩌면 무서운 일이야

내 전부를 보여야 할지도
모르는 거니까

나를 보여준다는 건
어쩌면 어리석은 짓이야

사랑이 변할 때
내 모든 건 약점이 되니까

널 만나 사랑을 완성시키고
이별마저 성공시켰지

내 인생 줄거리에
네가 있었다는 게
살짝 기분 나빠지려 해

너와 사귀고 나서
행복보다 불행이 앞서서
내 앞을 가로막으려 했어

그런데 이렇게
널 잊어가니까
좋은 일들이 마구 생겨

그래
나 진짜 이별에 성공했나 봐

너와 이별했다는 건
어쩌면 멋진 일이야

세상 거리가
나를 축복해주니까

이별에 성공했어도
마음이 조금은 무거운 건

그 옛날
너와 울고 웃었던
반짝 빛나던
우리가 떠올라
그런 거일지도 몰라

하지만
그 떠오름은
아주 잠시일 거야

난 이렇게 이별에
성공했으니까

비로소

더 바라보지도 마
연락하지도 마
난 널 떠나서
성공하고 싶은 사람이니까

널 버리고
새 출발하고 싶은
이기적일지도 모를 사람이니까

오래 만났다고 해서
내 모든 걸 가지겠다는
그 마음은 버려

이젠 널 보면 화가 나
네가 날 망친 것 같아서

잘나가던 날
네 곁에 머물게 한 게
너무 화가 나서

그래 난 변했어
널 보면 이젠 마음이 우스워

너도 지내다 보면
내가 사라진 게 편해질 거야

떠나는 내가 잘못한 게 아니야
우리의 사랑이 끝을 낸 거야
이만하면 된 거라고

너도 새롭게 살아가
나 같은 거에 비위 맞추며
살아가지 말고

너도 너답게 살아
누구의 애인이 아닌
너만의 존재로 살아가
너도 지내다 보면
내가 사라진 게 편해질 거야

사랑이 끝나면
처음엔 힘이 들다

결국엔
자신을 사랑하게 되지

얼마나 행복한 결말이니

너나 나나
행복한 결말이 될 거야

어떤 사랑은
끝나야 행복해지는 법이니까

비로소
비로소

6

사랑은 실패까지 아름다워

날개

이어폰을 꽂으면
난 다른 세계에 빠져

세계가 나를 지켜주는 기분

난 지금 너희들과
다른 세계

내 기분 상상상

겉보기엔
가만히 있는 것 같지만

난 지금 세계 무대 위에 올라
무대하는 중

내 미래 상상상

이어폰을 꽂고
조용히 엎드려

내 미랠 상상해

내가 겪었던 아픔이
치유 받길 바라며

눈을 감고
내 혼은 이 공간을 떠나

함께이고 싶은
그 애의 옆자리에 앉을 수 있는
그런 날이 오길 바라면서

마음에 들지 않는
이 공간이 어서 끝나길

이곳을 떠나고 싶어

점 찍어둔
화려한 곳이 있거든

그곳엔
반짝거리는 사람만
출입할 수 있거든

너희들이 보는 내 모습이 아닌
그 안의 숨겨진 내 모습

그런 반짝이는 사람들만이
출입할 수 있거든

느껴져
이젠 숨길 수가 없어

내 진짜 모습이
나오고 있어

하지만
날개는 오래전에 버렸어

그 애를 사랑하려고
하늘에서 버리고 내려왔어

괜찮아
날개는 오래전에 잊었어

널 만나려고
다시 태어났다면

넌 내 말을 믿어줄까

보너스

오늘 너에게 웃어주는 건
내 보너스야

널 알게 된 순간부터
네가 맘에 들었어

너와 함께
많은 걸 해보고 싶어

아직도
네 이름을 부르려면
왠지 부끄럽고 설레

그냥 아무 말 없이
스쳐 지나갈 때도
너와 난 알고 있지

사랑에 빠졌단 걸

자꾸만 웃음이 흘러 나와
너 때문에

세상에
세상이 이렇게 재밌을 줄이야

삶이 이렇게 행복해질 수
있는 거라면

그 이유가
너인 거라면

나 네게 빠져들래
나 너와 사랑할래

아직도
네 이름을 부르려면
왠지 부끄럽고 설레

그냥 아무 말 없이
스쳐 지나갈 때도
너와 난 알고 있지

사랑에 빠졌단 걸

서로가 주고받는 시선은
너무나 짜릿해서 아찔해

세상에
세상이 이렇게 재밌을 줄이야

삶이 이렇게 행복해질 수
있는 거라면

그 이유가
너인 거라면

나 네게 빠져들래
나 너와 사랑할래

오늘 뭐하냐고 먼저 물어보는 건
네게 주는 보너스야

센스 있는 답장에
또 맘이 쿵해

글자에도
설레임이 묻어나네

고백하기 전의 사랑이
제일 뜨겁고 아름다워

서로가 놀랄까 봐
고백을 미루는 우리
그 누가 봐도 알 수 있지
사랑에 **빠졌단** 걸

이 설렘이 지속될 수 있게
서로를 조심스러워하지

마음은
그 누구보다 강렬하면서도
너무나도 뜨거우면서도

이 감정을
티 내지 않고 즐기는 우리

이 순간에
이 아름다운 날에

오디션

티 내진 않아
난 선수니까

하지만 알아
1등이 내 자리란 걸

겉으로 말하진 않지
증명해 보이면 되니까

난 오늘 정점을 찍어야겠어
내 앞에 있던 애보다 더

기쁨은 날마다 있지
오늘마저도 나의 날이어야 해

난 늘 최고에 이끌려
사랑도 그 구역의 최고랑만 하지

알아
1등이 내 자리란 걸

나와 손잡는 사람들은
함께 최고가 되지

최고를 원해
더욱 최고를 원해

난 최고를 위해 태어났으니까

난 오늘 정점을 찍어야겠어
내 앞에 있던 애보다 더

수수한 모습에
도발적인 행동으로
시선들을 내게 집중시켜

난 늘 최고에 이끌려
사랑도 그 구역의 최고랑만 하지

사람들에겐
정상을 원한다고
티 내진 않아

난 선수니까

하지만 알아
1등이 내 자리란 걸

정상을 위해서라면
사랑과도 활을 겨눠

사랑조차 내게 질투하는
나는
내가 인정한
이곳의
좀 치는 애야

난 늘 최고에 이끌려
그래서 최고를 위해 태어났지

그래서 말이야

난 오늘 정점을 찍어야겠어
내 앞에 있던 애보다 더

다치지 않은 사랑

널 붙잡을 수 없어
내 사랑은
이별마저 아름다워야 해

영화처럼
정교해야 해

난 이별의 눈물도
예쁘게 울 거야

네가 먼 훗날
내 모습을
떠올릴 때
후회할 수 있도록

네가 완벽하지 않아도
내 사랑은
완벽해야만 해

이 사랑의 마지막 회는
내가 써내려가

다음 장면은
뒤돌아보지도 말고
걸어가

내가 흔들리지 않게
내가 널 붙잡으러 뛰어가지 않게
단 한 번도
뒤돌아보지 말고
그래 그렇게 날 떠나가
쉽게 날 버려봐

아쉬움 없이
빠른 걸음으로 걸어가는
네 뒷모습을 보면

넌 아마 처음부터
사랑이 아니었던 것만 같아

널 붙잡을 수 없어
내 사랑은
이별마저 아름다워야 해

나도 발길을 돌려
너와 반대로 걸어

서로에게 관심없는 사람들
사이 속으로

군중들 속으로
슬픔을 숨기곤

마음속엔
너와 내가
깨끗한 이별이었다고
생각하겠지

그 누구도
다치지 않은 사랑을 한 거야

한 번쯤 다시 연락이 오고 간다면
그땐
이렇게 말해줘야지

진짜 안녕이야

것들

내가 아는 것들이
나를 괴롭히고

내가 잃은 것들이
나를 위로하네

고민들은 내 안에 갇혀
나갈 생각을 안 하고

바보같이 난
또 눈물을 보이네

그들에게 내가
우는 모습을
보여주고 싶어

너의 말에
이토록 아파하고 있다고
이젠 그만해 달라고 말이야

방문을 닫았지만
열리길 원해

눈은 감았지만
깨워주길 바라고 있어

이 정도 고통은
견딜 수도 있겠지만

난 어리광을
피우고 싶어서
자꾸만 눈물이 나

내가 아는 것들이
나를 아는 척하고

내가 잃은 것들이
나를 지켜주네

제일로 소중했던 것들은
더욱 소중해지기 위하여
오래전 내 곁을 떠났지

것들 것들
내가 사랑한 것들

것들은 꿈에 나타나
여전히
내게 선물을 남기네

행복해지라고
넌 그래도 된다고

내가 아는 것들은
나를 몰라주고

내가 잃은 것들이
나를 알아주었네

것들 것들
영영 잊을 수 없는
내가 아껴했던 것들

194

제일로 소중했던 것들은
더욱 소중해지기 위하여
오래전 내 곁을 떠났지

애인

친구는 물론
가족까지 나를 몰라줄 땐
난 어디로 가야 하나

너에게도 갈 수 없는
난 어디로 가야 하나

절망을 품은 나는
죽을 수도 없어
너라는 희망이 살아 있기에

어디에 있니
어딘가에서 너도
나처럼 이유 모를 서러움에
잠겨 있는 건 아닐지

새로운 사랑
원치 않아

이렇게

196

널 그리워하는 게
내 하루의 소중함이야

하늘은 좋겠다
널 언제 어디서나
바라볼 수 있어서

난 여전히
새로운 사랑
원치 않아

다시 희망을 품은 나는
또다시 살아가야 하겠지
너라는 사랑이 살아 있기에

너의 또 다른 이름은
사랑이야

알고 있긴 하니
내 사랑아

기대해

지금은 널 모른다 해도
조금만 지나면 알게 될 거야

넌 알려지기 위해 태어났으니까

지금은 별 볼 일 없어 보여도
곧 놀라게 될 거야

넌 대단해지기 위해 태어났으니까

세상에 알려지는 게 두려워
조용히 살아왔지만
그게 숨겨지겠니

네 이름이 점점 거대해지고 있는 걸

사랑은 잠시 접어둬
사랑보다 더 큰
성공의 설레임이 있을 테니

그러니
이젠 고개 숙이고
지난날을 자책하지 마

너에겐
슬픔의 보상이 있을 테니

쉴 새 없이 흐른
지난날의
너의 눈물들은
상금이 되어

가장 특별한 날에
네게 도착할 거야
웃어도 돼
그것도 아주 크게

넌 가리고 웃는 걸 좋아했지만
난 무방비한 네 웃음에 설레거든

지금처럼
웃어줘

내 말은 사실이야
네가 행복해질 거라는
내 말은 사실이야

슬플 때 널 지켜주지 못한 건
넌 그 슬픔을 겪어 보아야만 했기에

날이 선 말로 들리겠지만
너의 슬픔은
찬란으로 가는 하나의 과정이었기에

그러니 이제는
웃어도 돼
그것도 아주 크게

넌 가리고 웃는 걸 좋아했지만
난 무방비한 네 웃음에 설레거든

지금처럼
웃어줘

내 말은 사실이야
네가 행복해질 거라는
내 말은 사실이야

조금만 지나면 알게 될 거야
그 조금은
어쩌면 내일일지도 몰라

기대해
너의 찬란을

이별과 사랑 그 가운데

돌이켜보면
사람 좀 많이 만나볼걸

얼마 하지 않은 만남 때문에
떠오르는 사람도 몇 없지

나랑 헤어지면
대부분 자취를 감추더라

마치 도망자인 것처럼

추격은 하고 싶지 않아
더 멀리 도망가게 내버려 두지

가는 김에
멀리 가는 김에
나라는 사람도 잊어줘

많은 음악을 들어도
그 노래가 이별 노래라 할지라도

주인공은 이제 네가 아니야

이별한 마음도 지워지고

거울 보며 미소 짓는 나의 얼굴
더 이상 너를 생각하지 않는 나의 대견함

그렇게
이별한 마음도 가뿐히 지워지고

노래를 들으며
가수와 사랑에 빠지지

외로운 사람은
가수와 사랑에 빠진대
음음음

넌 어때
난 한 번도 만나지 않은 것들을
그리워해

너의 눈물엔 우산이 필요해

분홍색 우산을 샀어
비도 안 오는 쨍쨍한 날인데도
오늘은 왠지 우산이 사고 싶었어

아주
무덤덤한 보통의 말이지만
잘 지내고 있니?

넌 항상
네가 나를 더 사랑한다고 했지만

이것 봐
그 말은 오답인걸

이렇게 난
널 향한 글을 쓰고 있잖아

아직도 슬픈 일이 생기면
아기처럼 펑펑 울어버리니

안아줄 순 없지만
더 이상 얘기할 수도 없지만
느껴져

슬픔이 짙은 너에겐
남몰래 깜깜한 어둠 속에서
흘리는 너의 눈물엔 우산이 필요해

하지만 이별한 우리 사랑엔
더 이상 가까이하지 말아야 할
높은 산이 필요해

분홍색 우산을 샀어
난 이제 너보다 날 더 사랑하고 말 거야

너의 눈물이 그러했듯이

나의 눈물에도 우산이 필요하니까

새우와 고래가 함께 숨 쉬는 바다

너의 눈물엔
우산이 필요해

지은이 | 황리제
펴낸이 | 황인원
펴낸곳 | 도서출판 창해

신고번호 | 제2019-000317호

초판 1쇄 인쇄 | 2023년 09월 15일
초판 1쇄 발행 | 2023년 09월 22일

우편번호 | 04037
주소 | 서울특별시 마포구 양화로 59, 601호(서교동)
전화 | (02)322-3333(代)
팩스 | (02)333-5678
E-mail | dachawon@daum.net

ISBN 979-11-91215-83-0 (03810)

값 · 14,000원

Publishing Club Dachawon(多次元)
창해 · 다차원북스 · 나마스테